ORGANISEZ LE TRAVAIL

NE LE DÉSORGANISEZ PAS

Lettre aux Ouvriers

PAR

AMÉDÉE GRATIOT

ANCIEN IMPRIMEUR

DIRECTEUR DE LA PAPETERIE D'ESSONNE

> Vous serez bien avancés de gagner six francs par jour, si vous êtes obligés d'en dépenser dix pour vivre !

Prix : 50 centimes.

PARIS

GUILLAUMIN ET Cie, LIBRAIRES ÉDITEURS

14, RUE RICHELIEU

Et chez tous les Libraires.

1848

ORGANISEZ LE TRAVAIL

NE LE DÉSORGANISEZ PAS

LETTRE AUX OUVRIERS

I

Peuple, te voilà maître souverain de la France.

Aussi, déjà tu as tes flatteurs. Déjà, les conseillers perfides t'entourent, ces conseillers qui perdent les rois, et qui perdent aussi les peuples.

Peuple, sois plus sage, sois plus grand que ceux que tu viens de chasser. Permets qu'on te dise la vérité, la vérité sévère, âpre, toute nue.

Souviens-toi que c'est pour ne pas avoir voulu l'entendre, que les deux derniers de tes rois sont partis en exil.

1

II

Peuple, depuis ton avénement, sur tous les drapeaux, sur tous les murs, à toutes les tribunes, on ne lit, on ne voit, on n'entend que ces trois mots :

ORGANISATION DU TRAVAIL.

C'est donc l'instant, pour les travailleurs, de prendre la parole.

Depuis dix-huit ans, je vis au milieu des ouvriers. Je connais leurs goûts, leurs besoins, leurs misères, leurs joies, car ils ont aussi des joies, quoi qu'on en dise. Mêlé, le jour, à leurs travaux, quand, le soir, leur tâche est finie, la mienne recommence. Quand les machines font silence, quand les ateliers sont déserts, au milieu de la solitude des nuits, je descends dans mon cœur, et j'y agite avec recueillement ces grands problèmes d'humanité, d'amélioration matérielle, de rénovation sociale, qui s'accomplissent graduellement dans le monde, et que l'on voudrait aujourd'hui régler par un décret et fixer par une loi.

Tous les livres, je les ai lus. Tous les systèmes, je les ai pesés. Tous les prophètes de la foi nouvelle, je me suis suspendu à leurs lèvres. Après avoir interrogé l'homme, j'ai interrogé la nature, l'ordre éternel des choses, Dieu enfin. Eh! bien, je le dis tout haut, avec une conviction profonde, avec ma conscience d'honnête homme, ces trois mots-là, — organisation du travail, — représentent une impossibilité qu'aucun génie humain n'a encore pu résoudre !

Ah ! vous qui vous dites les amis du peuple, il faut que vous le méprisiez bien ou que vous en ayez bien peur, pour le flatter comme vous le faites ! Il faut que vous en arriviez à lui croire bien peu d'intelligence et de raison, pour lui jeter ainsi à la face toutes ces promesses chimériques que je vous défie bien de lui tenir !

Ah ! vous êtes bien coupables, vous qui le trompez ainsi ! et vous aurez un terrible compte à rendre à la France un jour, quand ces pauvres travailleurs, que vous exaltez avec tous vos rêves impossibles, se verront forcés de retomber du haut de leurs illusions, et d'ajouter, à leurs misères de tous les jours, la misère cent fois plus grande des déceptions que vous leur préparez.

Hier, vos prédications étaient timides, solitaires, obscures : elles n'étaient pas dangereuses.

Aujourd'hui, vos prédications ont une tribune et un auditoire : le danger devient sérieux.

Ce danger est immense, si le Gouvernement Provisoire, prenant l'initiative de ces questions brûlantes, au lieu de les résoudre pacifiquement par la discussion, les tranche violemment par un décret.

Votre décret est une faute.

1.

Vous croyez peut-être avoir organisé le travail, parce que vous avez réduit, par ce décret, la durée du travail à dix heures pour Paris, à onze heures pour la province? Et c'est cela que vous appelez la liberté! Mais, le peuple, de quoi se compose-t-il donc? Faut-il donc forcément porter une blouse, pour être du peuple? Le peuple, c'est moi, c'est vous, c'est tout le monde. C'est l'ouvrier, mais c'est aussi le chef d'industrie. Eh! bien, vous n'avez pas même daigné consulter, avant de rédiger votre décret superbe, les chefs d'industrie, qui sont le peuple et qui le font vivre. D'un trait de plume, sans les entendre, vous les avez ruinés.

Votre décret est injuste. Si dix heures de travail suffisent à l'ouvrier de Paris, dix heures suffisent à l'ouvrier de province. Pourquoi donc imposer onze heures à celui-ci? Tous deux sont hommes au même titre, tous deux n'ont que deux bras, tous deux ont leur intelligence à cultiver. Quand l'inégalité résulte d'un usage, d'une habitude, d'un besoin, souvent d'un climat; quand elle est librement consentie par tout le monde, cette inégalité ne blesse personne. Quand c'est la loi qui impose cette inégalité, surtout quand cette loi sort des flancs d'une République qui n'a pas deux mois, l'inégalité est une injustice révoltante.

Il y a des industries dangereuses dont le travail ne devrait durer que sept heures; il y en a dont le travail est si commode, si doux, si peu fatiguant, qu'il n'y a nul inconvénient à le prolonger pendant douze heures. D'ailleurs, les industries différentes n'ont-elles pas des besoins différents ? Le laboureur, qui est un ouvrier aussi, comment réduirez-vous à onze heures sa journée qui se mesure ordinairement par la course du soleil, journée courte en hiver, longue en été ? Et les industries qui imposent un travail ininterrompu de plusieurs jours, compensé par plusieurs jours de repos à la suite de ce travail forcé ? Et les usines que met en mouvement la force hydraulique, et dont le travail, ne s'interrompant jamais, s'alimente par des factions de jour et de nuit, qui se relèvent de douze en douze heures ?

N'avoir qu'un poids et qu'une mesure ; passer toutes les industries sous le même niveau ; ne pas consulter les influences de climat et de température ; ne pas avoir égard au genre de travail ; c'est frapper de mort l'industrie.

Retrancher une heure de la journée, sans réduire proportionnellement le salaire, c'est grever de 10 à 15 pour cent le prix de revient de la production en France.

Et les marchés passés ? Et les fournitures à faire ? Et les engagements contractés ? On s'en est préoccupé, sans doute ? On a donné un délai de six mois, d'un an, pour l'exécution de ce décret si juste, si sage, si bien mûri ?

On n'a pas donné une heure !

III

Peuple, sais-tu ce qu'on dit ? — Il fallait faire quelque chose pour toi. — On avait peur. — Une concession te ferait taire. — Plus tard, on reviendra sur cette concession...

Malheur à ceux qui disent cela ! Vous avez promis au peuple d'organiser le travail, il faut que vous l'organisiez. Vous avez proclamé la garantie du travail, il faut que vous donniez du travail à ceux qui en manquent. Vous avez réduit la journée à dix heures, il faut que la journée reste fixée à dix heures.

Seulement, nous qui savons compter, nous allons vous dire ce que votre décret impose de sacrifices à la France :

1° *Garantie du travail.* On ne peut évaluer à moins d'un million le nombre de citoyens qui seront forcés de demander chaque jour du travail à la République ; et, comme il ne sera pas possible d'allouer à ces travailleurs une moyenne de salaire inférieure à 2 fr. par jour, cette moyenne constituera une dépense de deux millions par jour et de 600 millions par an.

2° *Diminution d'une heure de travail.* Il y a, en France, dix millions de travailleurs environ. L'heure de travail que vous supprimez peut être évaluée, en moyenne, à

25 centimes. Dix millions d'heures à 25 centimes forment, par jour, 2,500,000 fr., et, par année de 300 jours, 750 millions dont vous grevez l'industrie française !

Car il faut que personne ne s'y trompe. Ce ne sont pas les forces humaines qu'on a voulu ménager ; ce n'est pas le développement de l'intelligence qu'on a voulu faciliter ; c'est la taxe du salaire qu'on a voulu accroître. Toute la question est là. Les ouvriers n'en travailleront pas moins onze heures, douze heures. Seulement, le prix de leur journée sera augmenté du prix de cette heure de supplément.

Et comment voulez-vous qu'il en soit autrement ? Cinquante maçons suffisaient pour construire une maison. Vous en mettrez soixante. Je le veux bien. La maison coûtera plus cher, mais enfin cela est possible.

Mais le filateur de laine, de soie, de coton ? Mais le fabricant de châles ? Mais le fabricant de papiers ? Mais l'imprimeur sur étoffes ? Mais le mécanicien qui n'a qu'un certain nombre de tours et d'outils ? Mais toutes les industries dont le travail s'accomplit par des machines, ou dont le travail a des machines pour auxiliaire ? Avant d'augmenter le nombre des ouvriers, il faudra commencer par augmenter le nombre des machines, des métiers, des tours ! Avant d'augmenter le nombre des tours, des métiers, des machines, il faudra établir de nouveaux moteurs ! Voyez où vous allez. Car, si un métier n'occupe que trois hommes, vous ne ferez jamais que ce métier en occupe six. L'heure que vous retranchez sera perdue pour tout le monde. Si vous avez besoin de cette heure, vous ne prendrez pas un ouvrier étranger pour la lui faire faire. Cette heure de supplément sera faite forcément par l'ouvrier qui aura fait les dix premières heures. Vous n'occuperez pas un bras de plus.

Vous voyez donc bien que l'argument principal de votre décret tombe de lui-même.

Cet argument effacé, reste la dépense :

Calculez sur vos doigts :

600 millions à l'État, pour la garantie du travail ;

750 millions à l'industrie pour la suppression d'une heure de travail ;

c'est un milliard trois cent cinquante millions que coûte à la France une heure de popularité !

Et maintenant, voulez-vous savoir à la charge de qui retombera cet impôt? A la charge du peuple, car c'est le peuple qui consomme. Cette heure diminuée, c'est un capital perdu que le peuple ne retrouvera pas. C'est une taxe exorbitante, injuste, stérile, que le peuple paiera sous toutes les formes : vêtements, livres, plaisirs, loyers, nourriture ; car, du jour où ce décret a été placardé sur les murs de Paris, le peuple a dû renoncer à voir se réaliser ce grand problème des sociétés modernes : la vie à bon marché.

Il est vrai qu'il y a un remède.

On a diminué le nombre des heures de travail, on augmentera le prix de la journée.

C'est bien !

L'Angleterre n'a qu'à rouvrir ses filatures fermées, à rallumer ses fourneaux éteints. L'Inde, les deux Amériques, la Chine, ne suffisaient pas à l'écoulement de sa production insensée. La France lui appartiendra maintenant, un marché de 30 millions d'hommes, qu'on aura trouvé le moyen de rendre si heureux que tout y sera plus cher qu'ailleurs.

Il est vrai qu'il y a encore un remède.

Pour arrêter l'Angleterre, nous avons la prohibition. On doublera, triplera, quadruplera les droits d'entrée. Le monde nous sera fermé, mais nous garderons le marché de la France.

Une question cependant. La France exporte annuellement plusieurs centaines de millions de ses produits. Qu'en ferons-nous ?

— Nous les consommerons nous-mêmes.

— Ah ! c'est juste. Mais ce que nous ne pouvions pas consommer l'année dernière, comment le consommerons-nous cette année ?

— Nous ferons des décrets pour forcer le consommateur à consommer. Tous les Français seront obligés de mettre une chemise neuve tous les matins, un chapeau neuf toutes les semaines, un habit neuf tous les mois. Un livre sera jeté au feu dès qu'il aura été lu une fois. Les années d'abondante récolte, on fera six repas par jour...

Mon Dieu, je ris, je plaisante, et j'ai la tristesse dans l'âme !

IV

Christophe Colomb, pour découvrir un monde, avait attendu quinze ans qu'une reine d'Espagne osât lui confier quelques hommes, quelques écus et un vaisseau.

Voilà qu'une République naissante, après trois jours, confie à un rêveur le plus beau pays du monde, la terre la plus riche, le peuple le plus instruit, et dit à ce rêveur : Je te livre tout cela, applique ton rêve !

Ce rêveur est un honnête homme, je le sais. C'est un esprit ingénieux, un écrivain habile, un cœur droit, un orateur plein d'à-propos. Mais plus sa parole est puissante, plus elle peut faire de mal. Plus ses intentions sont généreuses, plus il doit prendre garde d'égarer un peuple qui a confiance en lui.

Le peuple qui a demandé la suppression de cette heure de travail, s'est trompé.

Le décret qui a accordé cette suppression, s'est trompé.

Il fallait dire au peuple :

Nous ne sommes qu'un Gouvernement Provisoire.

Demain, vous élirez une Assemblée nationale.

La première question qui lui sera soumise, ce sera la question du travail.

Vos représentants s'éclaireront, discuteront, décideront.

Puis, vous auriez choisi, dans la foule où ils se cachent, — non pas ces solliciteurs éhontés qui se précipitent, comme une bande de mendiants, sur tous les emplois que vous leur jetez en pâture, — mais quelques jeunes esprits d'élite, nobles intelligences, nobles cœurs, comme il s'en trouve encore, mais qu'il faut chercher. Vous leur auriez dit : Parcourez la France. Entrez dans les usines. Asseyez-vous à la table du travailleur. Vivez de la vie de l'ouvrier. Écoutez ses plaintes. Recevez ses réclamations. Touchez du doigt les plaies du pauvre, mais aussi notez en lettres d'or les bienfaits du riche. Que votre enquête soit égale pour tous !...

Ce bilan du travail en France, vous l'auriez déposé sur la tribune de votre Assemblée nationale, et votre Assemblée nationale alors aurait pu faire quelque chose de grand, de juste et de durable.

Au lieu de cela, vous, le peuple, vous, le législateur, vous avez tout perdu par une précipitation trop grande.

Quand l'industrie française, écrasée par la concurrence de l'Angleterre et de l'Allemagne, aura fermé ses ateliers ; quand nos entrepôts seront pleins ; quand nos magasins encombrés solliciteront en vain des consommateurs absents; comment donnerez-vous à nos ouvriers le travail que vous leur avez garanti? Recommencerez-vous encore la monstrueuse plaisanterie de 1830, alors qu'on ne trouva pas d'autre moyen de donner du travail au peuple, que de lui faire déplacer d'abord, replacer ensuite les tertres du Champ-de-Mars? Ouvrirez-vous des ateliers nationaux? Mais que seront ces ateliers nationaux eux-mêmes? Éleverez-vous autel contre autel, filature contre filature, forge contre forge? Direz-vous au tailleur de pierre de tisser la soie; au filateur de coton de forger le fer? Et, puisque l'écoulement manquera à nos produits, que ferez-vous des vôtres?

Alors, reconnaissant trop tard la fausseté de vos doctrines, après avoir fait asseoir la banqueroute sur le seuil de nos usines, vous la ferez asseoir sur le seuil du trésor public. Vous trouverez que le travail vous coûte trop cher; et vous en arriverez à l'aumône.

Que, le lendemain du jour où la République fut proclamée, vous vous soyez écrié, dans un généreux élan : *Au peuple, le million de la liste civile qui va écheoir.* C'était bien. Mais aujourd'hui que le peuple a repris son travail, quand nos ateliers sont ouverts, quand la vapeur monte, quand la roue tourne, ce n'est plus une aumône qu'il faut au peuple, c'est de l'ouvrage. Au lieu donc de rendre un décret qui diminue la journée d'une heure, rendez un décret qui nous ouvre des débouchés nouveaux. Que le coton, que le lin, que la soie remplacent le canon sur nos vaisseaux de guerre désormais inutiles. Que tous les ports étrangers nous accueillent, — en criant : Vive la République, si vous voulez, — mais aussi en achetant nos fers et nos tissus !

Vous distribueriez un à un tous les millions de la liste civile, toutes les forêts de l'État, tous les châteaux du domaine privé, que vous ne rendriez pas à la France, en dix ans, tous les services que lui rend, dans une seule année, son industrie, quand elle prospère. Or, pour que cette industrie prospère, ce ne sont pas des entraves qu'il lui faut, c'est la liberté, c'est le crédit, c'est la confiance, c'est la consommation.

V

Quand vous ruinez arbitrairement nos manufactures par un décret qui diminue les heures de travail, sans diminuer le prix de la journée ; quand vous imposez à notre industrie, sans raison, sans justice, par la violence, une contribution forcée de 750 millions par an ; vous renversez des fortunes honnêtement acquises ; vous froissez des intérêts que vous devriez respecter ; vous créez des haines ; vous préparez des réactions ; vous mettez des vainqueurs et des vaincus, là où il ne devrait y avoir que des frères.

Il faut donc que nous vous le disions tout haut, vous qui avez été assez courageux pour assumer sur votre tête la responsabilité du mouvement qui s'accomplit à cette heure en France. Vous êtes des hommes de bien, vous êtes de nobles cœurs, et, depuis deux mois bientôt, vous avez voué votre vie à l'accomplissement d'un devoir qui paraît au-dessus des forces humaines. Mais, si vous faites de grandes choses, prenez garde, vous en laissez faire de mauvaises. Sous prétexte de liberté, vous laissez attenter à la liberté de nos industries. Prenez garde. De toutes les marchandises, l'argent est la plus égoïste et la plus peureuse. Si vous effrayez l'argent, si vous le forcez à se cacher, à s'enfuir, à se retirer d'entre nos mains, nos industries sont perdues, notre commerce anéanti, et demain, nos usines fermées jettent à travers les villes dix millions de travailleurs sans ouvrage, qui viendront vous demander le travail que vous leur avez garanti, et que vous ne pourrez pas leur donner !

VI

Vous, Ouvriers, on vous égare. Votre cause est belle, ne la gâtez pas. La loi du Christ vaut mieux que la loi des hommes. Cessez de voir des ennemis dans vos chefs. Ce sont des amis et des frères; demain, ce seront des associés. Nous vivons de la même vie, et ceux-là sont impies et méchants qui disent que nous vous exploitons. Allez! nos misères sont souvent plus grandes que vos misères. Quand vous avez travaillé le jour, vous dormez la nuit; mais nous, nous ne dormons pas toujours. Et si parfois l'usine se ferme et vous refuse du travail, c'est trop souvent parce que la banqueroute et le déshonneur sont à la porte qui nous attendent.

Le travail est une chose sacrée, nous le savons, car l'Évangile a dit : Celui qui travaille, prie. Nous savons qu'il y a beaucoup à faire pour les travailleurs. Mais ce sont des choses qu'il leur faut, non des mots; de l'ouvrage, non des utopies. Au lieu de grever nos industries de 15 pour cent de main-d'œuvre, qu'on réduise les impôts, qu'on diminue les armées, qu'on simplifie les administrations, que la matière première nous arrive libre de tous droits. Alors nous fabriquerons à meilleur marché, nos produits s'écouleront mieux, la vie sera moins chère pour nos ouvriers, et c'est nous qui nous chargerons de leur donner du travail.

Mais le travail ne suffit pas à l'homme, nous le savons encore. Au-dessus de la force, il y a l'intelligence; au-dessus des besoins matériels, il y a l'âme. Depuis vingt ans, un mouvement immense d'idées sociales court à travers les nations. Bénies soient les voix qui les premières ont continué le Christ et recommencé cette prédication sublime ! Seulement, nobles apôtres, ne soyez pas injustes. Au lieu d'accuser l'Industrie, regardez ce qu'elle a fait. Vous prêchiez encore, que nous agissions déjà.

Entrez dans nos usines.

Quoique j'aie honte, dans une question si grave, de parler de moi, entrez dans la Papeterie que je dirige.

Depuis huit ans, en sus de son salaire, qui suffit à tous ses besoins, nous donnons à l'ouvrier un logement et un jardin. Son petit enfant a une salle d'asile ; son enfant qui grandit, a l'école. Tous les ans, l'école distribue des prix aux plus savants, des couronnes aux plus sages, des encouragements à tous.

Une sœur fait le catéchisme et prépare à la première communion.

Les jeunes filles et les femmes sans ménage ont un dortoir commun où nous leur fournissons le lit, les matelas, les draps, le feu en hiver.

Un réfectoire chauffé reçoit les ouvrières du dehors à l'heure des repas.

Ainsi, dans notre usine, l'ouvrier n'a plus que deux choses à se procurer : du pain, un vêtement.

Valide, le travail ne lui manque pas.

Malade, le premier médecin de la ville vient le soigner.

Mort, nous payons à l'église son enterrement, et notre

atelier de menuiserie fournit à sa dépouille mortelle le dernier vêtement du riche et du pauvre — la bière.

Une caisse de secours existe.

Une caisse de secours plus large, alimentée par l'association, se prépare.

Un jour, les vieillards, nous l'espérons, auront une retraite.

C'est le printemps : l'arbre a la fleur; laissez venir le fruit.

Et ce que nous avons fait, beaucoup d'autres le font. Demain, tout le monde le fera.

Permettez-nous donc, après avoir attaqué, au nom de la liberté, au nom du salut de la France, au nom de l'avenir de la République, le décret injuste qui nous frappe, permettez-nous d'être les premiers à dire à nos ouvriers :

La République a proclamé les droits politiques du peuple; c'est nous, chefs d'industrie, qui proclamons ses droits sociaux.

La ville, la commune ou l'usine lui doivent :

Des crèches;

Des salles d'asile;

Des écoles;

Des bibliothèques;

Un salaire suffisant, quand il travaille;

Des médecins, quand il est malade;

Des pensions de retraite, quand il est vieux.

2

Ces pensions de retraite doivent se former de deux éléments : retenue sur le salaire, pour apprendre l'économie ; partage dans les bénéfices, ou primes sur la fabrication, pour intéresser à la prospérité de l'entreprise.

Ouvriers, ayez de la patience, et toutes ces choses s'accompliront pour vous. Mais ce n'est pas une loi qui vous les donnera. Liberté pour tout le monde! Que les plus nobles cœurs donnent l'exemple : les autres suivront. Que la République, au lieu de s'occuper à réglementer vos heures de travail, envoie ses émissaires dans toutes nos usines, pour y voir ce qu'il s'y fait de bien, et pour apprendre à chacun de nous ce qu'il pourrait s'y faire de mieux.

Aucun de ces rêveurs qui vous appellent dans la rue, n'a pu vous dire encore ce qu'il entendait par l'organisation du travail. Chez nous, vous n'aurez pas le mot seulement, mais vous aurez la chose. Tant qu'il restera un écu dans notre caisse, une pièce d'argenterie sur notre table, nous vous donnerons du travail, mais nous ne vous le garantirons pas, car la garantie du travail, c'est tout simplement une chimère. La nature elle-même ne se repose-t-elle pas? L'hiver ne vient-il pas après l'été? Et, si l'encombrement suit la production, si le chômage suit le travail, ne savez-vous pas que Dieu nous envoie souvent aussi, après les années d'abondance, les années de disette?

VII

Il est vrai qu'on vous a dit : Si le travail manque, si la production baisse, si le chômage revient trop souvent dépeupler l'usine et donner à l'ouvrier des loisirs dont il se passerait bien , c'est la faute de la concurrence. La concurrence, c'est la ruine de l'Industrie, c'est la cause de la misère de l'ouvrier.

Pauvres ouvriers, comme on vous abuse avec des mots !

Il faut pourtant que quelqu'un ait le courage de vous le dire. La concurrence est un mal, oui, je le sais bien, mais c'est un mal nécessaire, — comme la maladie.

Envoyez donc des députations au Luxembourg, et demandez à celui qui y siége de rendre un décret qui supprime la maladie !

La concurrence, c'est la vie à bon marché ; c'est l'existence matérielle, le bien-être, la jouissance, le plaisir, mis à la portée du plus grand nombre.

Pour remplacer la concurrence, il n'y a que le monopole.

Le monopole, c'est l'impôt.

L'impôt sur toutes choses, c'est la misère.

Vous serez bien avancés, n'est-ce pas, de gagner six francs par jour, si vous êtes obligés d'en dépenser DIX pour vivre ?

2.

Et c'est là qu'on veut vous mener, ne vous y trompez pas.

Voyez plutôt ce qui se passe depuis longtemps.

L'État s'est fait entrepreneur de tabacs. Monopole de la fabrication, monopole de la vente, il a tout accaparé.

Qu'en résulte-t-il ? C'est que le tabac est un impôt.

Donnez la fabrication du tabac à l'Industrie privée, avec concurrence. L'Industrie se contentera d'un léger bénéfice, de l'intérêt de son argent. Pour écouler sa marchandise, pour faire valoir ses capitaux, pour conserver les établissements qu'elle aura fondés, l'Industrie fera mieux, plus vite, plus économiquement.

Et qu'en arrivera-t-il ?

C'est que vous, ouvriers, qui êtes, en dernier résultat, les vrais consommateurs, vous aurez pour 25 centimes par semaine la même quantité de tabac que l'État vous a fait payer 75 centimes jusqu'à ce jour, et ce tabac sera meilleur ! Et les ouvriers qui le fabriqueront gagneront davantage. Car, il faut que vous le sachiez bien, l'État paie sa main d'œuvre meilleur marché qu'aucun entrepreneur, qu'aucun chef d'industrie, et pourtant, ce qu'il produit revient à un prix plus élevé. Ainsi, l'ouvrier de l'État, quand il produit, est moins payé ; quand il achète, il paye plus cher.

Voulez-vous un autre exemple ? Voyez la Poste.

Encore un monopole, encore un impôt.

Le pauvre ouvrier qui habite Paris, et dont la famille habite Marseille, paye 1 franc une lettre que l'Industrie privée lui transporterait pour 20 cent.

Aussi, écrire ou recevoir une lettre, c'est pour lui une chose de luxe. Il s'en passe. Son vieux père peut mourir, sa sœur peut se marier. Il l'ignore. Grâce à cet impôt, l'ouvrier n'a plus de famille.

Que l'Industrie privée lui transporte ses lettres pour 20 cent., ou bien, si vous voulez, que l'État, gardant le transport des lettres, en fasse une entreprise populaire et non plus un impôt, et l'ouvrier, au lieu de n'écrire qu'une fois par an, écrira tous les mois. Le nombre des lettres sera triplé, quadruplé. Triplé aussi, quadruplé aussi sera le nombre des bras qui fabriqueront le papier, qui ramasseront les chiffons, qui construiront les machines, qui transporteront les lettres.

Voyez quelle affreuse chose c'est que la concurrence!

Ah! chers ouvriers, mes frères, force vive du pays, intelligences loyales, qui ne demandez qu'à vous développer, qu'à grandir, on vous amusera donc toujours, monarchie ou république, avec de belles paroles!

Oui, je l'ai dit, je le répète, la concurrence est un mal, mais c'est un mal seulement pour le commerçant qu'elle ruine, et non pas pour le consommateur qui en profite. Or, le commerçant est *un*, le consommateur est *mille*.

La maladie aussi est un mal, mais pas pour le médecin,

pas pour le chirurgien, pas pour le pharmacien, pas pour l'herboriste, pas pour toutes les industries qui vivent de la maladie.

La concurrence profite au producteur, *à l'ouvrier*, car elle force à produire beaucoup, elle occupe plus de bras.

La concurrence profite au consommateur, *à l'ouvrier*, car elle force à produire à bon marché.

Vous aurez beau dire, vous ne ferez jamais que la vérité ne soit pas la vérité. Vous aurez beau monter à la tribune, aligner vos phrases de rhéteur, cadencer en mots harmonieux des déclamations émouvantes sur les malheurs de la concurrence; vous ne ferez pas que ce tableau si sombre n'ait sa contre-partie riante; que la concurrence ne soit encore préférable au monopole; et que le bien-être de tous ne l'emporte sur le malheur de quelques-uns.

D'ailleurs, tous ces maux que vous attribuez à la concurrence, vous êtes-vous assuré s'ils viennent bien de la concurrence? Avez-vous fait la part de l'impéritie, de la paresse, de la mauvaise conduite, de la folie, des passions? Je crains que vous n'en ayez tenu aucun compte. Eh! bien, venez. Descendons au fond des choses. Entrons au tribunal de commerce. Interrogeons tous les dossiers, toutes les faillites, toutes les ruines... Vous reculez! ah! vous avez raison. Inertie, fraude, mauvais calculs, confiance coupable, dépenses folles, combinaisons insensées, l'honneur joué sur un coup de dé impossible, tout le cortége enfin des passions mauvaises, — vous voyez tout ; excepté peut-être la concurrence !

Et n'ajoutez pas, surtout, que la concurrence diminue les salaires. C'est une erreur, c'est un mensonge. Depuis trente ans, avec l'industrie qui grandit en France, la concurrence a grandi. Eh ! bien, depuis trente ans, que les ouvriers le disent, partout, dans tous les corps d'état, dans tous les métiers, au lieu de diminuer, le chiffre des salaires s'est accru.

VIII

Maintenant, pour remplacer la concurrence, que nous proposez-vous ?

L'association.

Si l'association est le monopole : NON.

Si l'association est la réunion librement consentie de ces trois puissances, le capital, l'intelligence, le travail : OUI.

Car l'association est sainte.

Mais que l'État se fasse industriel et fabricant ; mais qu'il abuse de sa force qui vient de nous, de ses armées qui se composent de nos enfants, de ses impôts qui s'alimentent de nos écus, pour écraser la concurrence loyale de nos industries par la concurrence odieuse de ses ateliers ; mais qu'il courbe sous le même niveau la paresse et l'activité, la faiblesse et la force, l'ignorance et l'intelligence; mais qu'il proclame l'égalité des salaires, c'est-à-dire la destruction de l'émulation, la négation du génie, l'abandon du travail; mais qu'il pense racheter le lendemain ses paroles de la veille en déclarant que l'égalité des salaires sera l'égalité du *maximum* et non pas du *minimum*; je ne crains pas de le dire, en face des ouvriers qui me comprendront, l'application d'un pareil système serait : pour l'Industrie, la ruine; pour l'ouvrier, la misère; pour la France, la banqueroute.

Utopistes, tant que vous n'avez fait, de vos paradoxes sociaux, qu'une page de roman, qu'un chapitre de pamphlet, qu'une colonne de feuilleton, nous vous avons lus avec respect, car nous pensions que vous étiez convaincus : mais nous avons souri, car nous comprenions que vous n'étiez que des rêveurs.

Aujourd'hui, l'horizon a changé.

La République vous a porté sur le siége du législateur, et on vous a dit : Organisez le travail.

Vous, au lieu d'organiser le travail, vous l'avez détruit.

Vous avez fait peur aux capitaux, vous avez effrayé le consommateur, vous avez ruiné l'industriel, vous avez imposé la misère au peuple.

Il ne fallait pas aller si vîte !

Postes, tabacs, monnaies, imprimerie, poudreries, fonderies de canons, chemins de fer, vous aviez tout cela pour appliquer vos systèmes, pour organiser vos associations. Avant de dépeupler nos usines, avant d'arrêter notre travail, avant de frapper sur nous un impôt de 750 millions, avant de faire courir dans les masses des idées irréalisables, pourquoi donc n'avez-vous pas tenté de réaliser ces idées sublimes dans vos propres manufactures? Votre poudrerie du Bouchet, vos Gobelins, votre Sèvres, votre fonderie d'Indret, votre imprimerie de la rue du Temple, votre fabrique de tabac du Gros-Caillou, l'Hôtel des Monnaies, l'administration des Postes, pourquoi n'avez-vous pas livré tout cela aux ouvriers, aux travailleurs, à l'association? Pourquoi ne leur avez-vous pas dit généreusement de s'en partager les bénéfices? C'était là un exemple sublime, et vous le deviez bien à la France.

Bon, nous aurions tous suivi cet exemple.

Mauvais, nous l'aurions tous évité.

Seriez-vous donc comme ces médecins, qui, au lieu d'expérimenter sur leur propre corps les doctrines hasardeuses qu'ils ont émises dans leurs livres, avant de les éclairer par la pratique, s'en vont aux hôpitaux chercher, pour leurs expériences, de pauvres corps malades, auxquels ces expériences arracheront un reste de vie?

Nous vivions encore, nous pouvions revenir à la santé : vous nous tuez !

Vous voulez que nous fassions chez nous ce que vous n'osez pas faire chez vous !

Vous avez des ouvriers, et vous ne les associez pas aux bénéfices !

Vous voulez que nous augmentions le salaire de nos ouvriers, et vous venez, vous, par un décret récent, de diminuer le salaire de vos employés !

Vous proclamez l'égalité des salaires, et cette égalité vous ne commencez pas par l'établir dans vos administrations !

Que voulez-vous donc que nous pensions de tout cela ? Quelle autorité auront vos paroles, si vous les démentez par vos actions ?

IX

Chefs d'industrie, maîtres de forges, directeurs d'usines, tandis que l'utopie s'égare au Luxembourg en promesses impossibles à tenir, nous qui voulons le bien des ouvriers, nos frères, promettons-leur moins, mais tenons-leur davantage.

Que la crèche, que la salle d'asile, que l'école recueillent les petits enfants ! Que la bibliothèque soit voisine de l'atelier ! Que le chant abrége le travail ! Qu'au sortir de sa tâche, qui ne lui sera pas mesurée par un décret, mais par ses forces, l'ouvrier trouve un livre qui le repose et le console ! S'il est malade, que vos infirmeries lui soient ouvertes, et qu'il y trouve les soins de médecins habiles.

Puis, surtout, quand l'ouvrier travaille, que l'ouvrier sache bien qu'il ne travaille pas pour un seul homme, mais qu'il travaille pour lui, mais qu'il travaille pour tous. Intéressez l'ouvrier au succès de vos manufactures, faites-en votre associé : ce sera le meilleur, le plus dévoué, le plus fidèle. Que la machine ne soit plus son ennemie ; qu'elle soit son aide, qu'elle le soulage, qu'il en ait sa part de propriété. Que la machine soit pour le travailleur ce qu'est le cheval pour le cavalier. Ce jour-là, vous aurez peut-être encore besoin de soldats aux frontières ; mais vous n'en aurez plus besoin dans les villes, car ce qui appartient à tous est respecté par tous.

Je sais bien que ce problème est difficile à résoudre. C'est pour cela que je demande qu'il ne soit pas tranché par un décret. La volonté humaine a déjà vaincu des difficultés plus grandes. Que l'ouvrier ait donc confiance, et qu'il vienne à nous. Nous chercherons ensemble, et nous trouverons.

X

Maintenant, vous qui siégez à l'Hôtel-de-Ville au nom du peuple, Citoyens qui vous êtes dévoués à cette grande tâche de refaire un gouvernement à la France, laissez-nous vous donner un conseil. N'attendez pas que les ressources de l'Industrie soient épuisées; n'attendez pas que nos usines fermées encombrent les places publiques de travailleurs sans ouvrage. Prenez un grand parti. Ne garantissez pas du travail par des proclamations, mais donnez du travail. Si la France a des bras inoccupés, n'a-t-elle pas aussi des terres stériles? Pourquoi laisser s'accumuler dans les villes des populations sans ouvrage, lorsque les campagnes manquent de bras? Rappelez donc au peuple que l'agriculture est notre mère nourrice. Dites-lui que, si nos usines produisent l'argent qui paie le pain, c'est la terre qui produit le blé. Vous vous plaignez que l'homme s'étiole et se démoralise dans nos manufactures : rendez-lui le travail en plein air, qui fortifie le corps et qui élève l'âme.

Citoyens, c'est là qu'est le salut de la République nouvelle. C'est par la culture de la terre, c'est par l'amélioration du sol que vous pouvez accomplir de grandes choses. Remplacez le travail improductif de ces ateliers nationaux qui ruineraient l'État, par le travail productif de l'agriculture qui enrichira le pays. Creusez des canaux, ouvrez des routes, sillonnez la France de voies de communication. Que tout champ ait son chemin au village; tout village, sa route à la ville; toute ville, son embranchement au chemin de fer. Pour avoir la vie à bon marché, il faut que les

transports soient à bon marché. Pour équilibrer la richesse
de l'Agriculture et la richesse de l'Industrie, il faut que
l'Industrie et l'Agriculture puissent, en quelques jours,
par les chemins de fer, échanger entre elles les travailleurs dont toutes deux ont besoin à des époques différentes. D'un bout de la France à l'autre, il faut que l'usine
prête ses ouvriers à la ferme, quand vient l'heure de la
moisson ; quand la moisson est rentrée, il faut que l'usine
reprenne à la ferme les populations retrempées par le travail des champs. Ainsi s'accomplira de lui-même, sans
secousse, ce grand problème du travail attrayant, enfan-
tement sublime des sociétés modernes.

Citoyens, hâtez-vous donc. N'ameutez pas autour de
l'Hôtel-de-Ville ces populations affamées, quand vous
pouvez leur donner du travail et du pain. La terre, cette
mère féconde, les réclame. Reboisez les montagnes ; des-
séchez les marais ; fertilisez les terres incultes. Ne cher-
chez pas seulement des travailleurs, créez des proprié-
taires. Au lieu de donner la bêche et de prêter le champ,
donnez le champ et prêtez la bêche. La base de toute so-
ciété est là. Celui qui possède améliore, celui qui améliore
conserve.

Si la France ne suffit pas (et quand même la France
suffirait) à tous les travailleurs, n'oubliez pas l'Algérie,
cette terre française. Au lieu d'y entretenir une armée de
cent mille hommes, qui vous coûte des millions, envoyez-

y cent mille travailleurs qui vous rapporteront des millions. Là, tout est à créer, les routes, les villes, l'administration, le sol lui-même. Mais le sol est fertile, et, depuis dix-huit ans, trop de sang français a arrosé cette terre, pour que vous ne lui demandiez pas aujourd'hui de vous payer en moissons tout le sang généreux que nous y avons répandu. Que la charrue remplace le canon. Un gouvernement nouveau doit faire des choses nouvelles. A quoi sert d'avoir rompu si violemment avec le passé, si vous continuez le passé ?

XI

Peuple, il ne suffit pas de dire à la France : Tu es républicaine ! — Il faut qu'elle le soit.

Pour que la France le devienne au fond du cœur ; pour que la France se relève à l'instant même de la terrible secousse qu'elle vient d'éprouver, il faut que la France puisse donner à l'Europe le plus beau spectacle que jamais nation ait donné au monde.

Il faut que la liberté, cette fois-ci, soit la vraie liberté, la liberté pour tous.

Il faut que la souveraineté du peuple ne soit pas une tyrannie nouvelle, cent fois plus odieuse que l'autre.

Il faut que la confiance revienne, que le crédit renaisse, que le travail recommence; et le travail, le crédit, la confiance ne reviendront pas, si vous inaugurez la République en ruinant nos industries, déjà malades, par un impôt qui les écrase.

Ouvriers, travailleurs, peuple, donnez donc un exemple sublime : rapportez sur l'autel de la patrie cet holocauste de 750 millions que vous avez eu le tort de demander, qu'on a eu le tort de vous offrir.

Demain, un congrès s'assemblera. Les ouvriers et les chefs d'industrie viendront, en nombre égal, y défendre leurs droits. Un homme y vaudra un homme; une idée, une idée.

Jamais ce qui s'accomplit aujourd'hui en France ne s'est accompli sur la terre.

Il faut donc que le peuple français fasse ce que jamais aucun peuple n'a fait.

XII

Cette lettre était écrite depuis un mois, le lendemain du décret *sur les heures de travail*.

Des amis m'ont dit : Ne publiez pas cette lettre, n'irritez pas les passions, craignez les colères.

J'ai douté un instant : aujourd'hui je ne doute plus.

Nous vivons dans un temps où toute chose utile doit se dire, où toute erreur doit se combattre.

S'il est quelqu'un aujourd'hui à qui l'on doive la vérité, s'il est quelqu'un qui soit digne de l'entendre, c'est le peuple.

Toutes les grandes idées sont sorties du peuple, toutes les grandes choses se sont accomplies par le peuple.

Que le peuple comprenne qu'il a la France à sauver, et qu'il n'a qu'un jour peut-être pour la sauver.

L'argent disparaît, les ateliers se ferment, les étrangers fuient, le travail cesse, le crédit meurt, la banqueroute frappe à nos portes...

Eh! bien, tout, crédit, argent, travail, commerce, industrie, fortune publique, tout peut renaître demain...

Et que faut-il pour cela?

La confiance!

Et pour que la confiance revienne, que faut-il?

Construisez, ne détruisez pas.

Persuadez, n'intimidez pas.

Rassurez, n'effrayez pas.

Économisez, ne gaspillez pas.

ORGANISEZ LE TRAVAIL, NE LE DÉSORGANISEZ PAS.

AMÉDÉE GRATIOT,
Ancien Imprimeur,
Directeur de la Papeterie d'Essonne.

Avril 1848.

Imprimerie de GUSTAVE GRATIOT, 15, rue de la Monnaie.